遇见
辽阔

王运平　著

深圳出版社

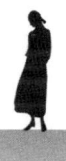

代序

我在路口等你到天明

——读王运平诗随感

谢冕

友人通过手机送来了王运平的诗，诗写得清新自然，读了片段，颇是喜欢。作者王运平的名字则是陌生的，当然是未曾谋面。那时我正在读闽东的一本诗集，很为一些诗激动，那些诗和此时读到的王运平的诗有相通或相似之处，它们激发了我的一些想法，于是有了数日后我和作者的交流。我平日读诗甚多，多半不是由于他人推荐，也多半不是为相识的人而读或写，总是自己在阅读中不期而遇，发现，有了感受，觉得有些话想说，于是为文，或是找机会和诗人交谈、沟通，最后成文。很多后来成为朋友的，都是这样因诗而相识的。

我坚信诗本身足够说明一切。我认为读诗就是读人，“诗为心声”“诗如其人”，这些话前人说得多了，这些话，我相信。我们通过《将进酒》认识了李白，试问，此前我们见过李白吗？我们通过《赤壁怀古》认识了苏轼，试问，此前何曾与他相识？我们因为李清照的诗美，因而“觉得”她人美，而我们与她却是相隔千载！我深信一条，极而言之，读诗，就够了，诗会回答我们的期待或疑惑，诗自身会为读者解困！诗当然体现技艺，但诗更贴近灵魂。我们只需在诗中“认识”作者，而基本不必借重诗之外的、或更为直接的方式。当然，这只是一种说法，并不排他。

回到这篇文字的开初，就是说，我是读了王运平的诗，才激发了我的写作愿望，我通过阅读，“初见”了它的作者。很多经历证明，对于一个评论者，阅读文本是第一重要的，诗本身“足够”说明。当初，我不认识杜涯，但是，一章《嵩山北部山上的栗树林》使我“认识”了当年许昌县医院这位普普通通的护士——我敢断定那时整个的主流诗歌界都不认识这个叫做杜涯的她。我的阅读经验中有很多这样的例子，路也，是，沈苇，是，甚至舒婷，也是。我是在读到路也的《我要去看你》、沈苇的《一个地区》，以及舒婷的《致橡树》之后，甚至是在读过多年以后，才认识他们的。诗在前，人其后。需要赶快辨明的是，这并非通则，这只是我个人的体会，而与他人无涉。

我写此文用的篇名《我在路口等你到天明》，取自王运平诗集的第一首诗《只字未提》“那夜的月光微凉，我在路口等你到天明，爱哭的我没有哄好自己，关于那些，这些年我只字未提”；“今夜的月光也微凉，我有点想你和你在的那个年纪，现在我特别会哄自己，关于这些，余生我也只字不提”。这好像是在写有关个人情感的诗。“那夜”“今夜”，她写得这么轻松，这么清明，又这么含蓄，这原本该是刻骨铭心的，她竟然自始至终出以平淡而“只字未提”！由此我想起一位我所喜欢的诗人的诗句“似此星辰非昨夜，为谁风露立中宵”。今日何日，斯人何人，她竟然也是这般的“只字未提”！我们从这种“不言”中读到了浓浓的情意！

我的联想有点远了，还是回到王运平的话题。有了第一首诗的阅读，就有了随后接续的饶有兴味的阅读。她的诗最初引起我的注意的，是我开头说的“清新自然”四个字。世事万端，有些事是“欲说还休”，能把复杂的事说得“若无其事”，这不是一般的才能。“鸟栖在树上，等待唤醒下一个黎明；星挂在天上，等待又一个月出东山”。这样的句子诗集中比比皆是。我常慨叹有些诗人把原先的单纯写成了“不知所云”。那些诗所述之事，可能使人百思不得其解，包括读者，甚至包括作者本人。我的这些判断，与“主义”无关，与技艺无关，也与“诗贵含蓄”或“诗无达诂”无关。对比而言，诗应当是在清浅中见沉郁，在简约中见繁复。还是王运平说得好：“我在一杯茶里，看见人间的至简模样。”

王运平这本诗集，诗是编号排列的，有的有标题，有的不见标题，即使有，标题也处于不显眼的位置，似是一个提示。所以，她的诗更像是日常生活的“随感”，很多则似是冰心、周作人式的“小诗”一类。她通过这些编号的诗，向我们诉说和展示来自内心的臆想或感触，春花秋月，惜时伤怀，悲欢离合，岁月蹉跎。她的诗随口从心，顺自然而少雕饰。她的诗篇幅小，句子也短，有的像是前人的小词或小令，读之深有“古趣”，如“归来山河在，待我如初逢”，如“意玲珑，心枯荣，踏破三千尘，故园有新声”。旧时韵味，出以平常，从中可见她的旧学修养。

但若以此推断她仅擅于此，那就差了。她的长处是不惊不乍，临艰险如步平川。眼见，心想，用最简单的文字，甚至是一言半语，表达波澜起伏的心绪万般。用她的自述，则是用心、用文字，用最质朴的方式掩埋下应该掩埋的，继续活着并前行。她有她的一份沉郁和婉转，她和我们一样，面对着生命途中的全部复杂性，但她总是从容面对，用平常心，说平常话，而且使那些愁苦和伤悲充盈着活力和生机。“路边的草地落满白霜，像极了我满心的伤”；“我一生的时光，曾是万古洪荒，又长不过沧海的一次喘息”。这证明她不是一味地轻松和愉悦，她有她的一份深沉。但真正感动人的，是她的那份开阔和豁达：

当我不再想你
我也不再探听风来的消息
你最好别哭
北方的冬天没有雨
雪落处
万千往事无迹

日暮黄昏，天边雨雾，“比脚更贴近土地的，是我的心”，“能走过去的，都是好时光”，她告诉她的朋友和家人“我在的北方正值冬日，辽远的春日做着香甜的梦，那个爱我的人依然年轻，我在这里一切都好”，她是这样乐观、自信、坚定，她那消解困窘和苦厄的力量非常动人，毕竟这些话是她说的：生活的美好就是生活的美好，世事的纷繁与艰辛永远无法掩埋这些美好。我的心看见它们，用语言表达出来，就成了我的一首诗。(《暂做一个诗者》)

这个来自中原大地的年轻女子，她的履历表上记载着一些曲折的经历：中等师范、本科、研究生，文学和外语，以及其他的专业，等等，她一路拼杀，勇闯难关，其经历让人目眩！再反观她的家乡，那些古老的地名铭记着古老的历史：商丘、夏邑、虞城……读到这些，这才明白她的力量和勇气，以及毅力和智慧的来处和原由。

2023 年 8 月 3 日于北京大学

目录

001 只字未提
002 比庄稼从容
003 日子中间
005 失去的左岸布满遗憾
006 凡生
007 忘却的土地
008 天空之下
009 生命初动
010 遇见辽阔
011 星夜
013 不能停止
014 留下来沸腾
015 曾经的一日三秋
016 星空下刮着风
017 思念语
018 泥泞之下
019 乡心一动
020 遇见
022 人间有宴
023 门与窗
024 我是人间至为无用的女子
025 你离开以后
026 人间行
027 一寸尘烟

秋事 028
那样的夜 029
从我窗前走过的女子 030
种无可种 031
你归来么 032
小站 033
留白的日子 034
穿行 035
安然 036
疏林地 037
惊蛰 038
巡 039
母亲的街头 040
空思 041
放牧 042
我在这里一切都好 043
至澄明 044
退向边地 046
故园之声 047
冬已至 048
破碎 049
短逝 050
扬起的风 051
释 053
你在该有多好 054
风起故乡 055

056 尘世里的欢喜
057 能走过去的，都是好时光
058 随风而去
059 瓷意
061 一棵经过岁月的树
062 儿时雨日
064 一条走老的路
065 万紫千红
066 我伸手接住了一个黎明
068 尔父安否?
069 醉一
070 人间晚意
071 正是春日
072 路的尽头
073 水笑了
074 去往风消逝的地方
075 向死而生
076 河岸之春
078 比脚更贴近土地的，是我的心
079 人间雪时
080 旅见
081 人间寻常夜
082 我们的日子
084 去日当归
085 漫步
086 遗失地面的日子

等一个自己 087
人间的至简模样 088
初见 089
絜日 090
小寒 091
原野平 092
从容 093
曾经的土地 094
我的悲苦已成顽疾 095
白云之下 096
很长的时光 097
雪落霓裳 098
红尘一念 099
浮生闲 100
立 101
夜未央 103
别过多年 104
秋生 105
晚秋 106
晚意 107
烟火 109
世间种种 110
小别 111
父亲的脚步 112
远 114
生长 115

116 深冬的夜
117 叶未归根
119 辽阔
121 归乡
123 月夜
125 故土无恙
126 雨晨
127 往事入画
128 长行
129 我的安慰
130 夕阳间
131 始终如一
133 河·雨
134 我的永夜
135 一条狗给出的礼遇
136 故乡
137 消弭
138 河岸黄昏
140 风起心田
141 河畔春
142 我重又爱上了很多
143 望乡
144 恬
145 雨步
146 入秋风
148 天各一方

挥手别过 149
不安 150
别语 152
怀抱悲苦 153
微尘 154
语罢 155
无法劝说的青春 156
闲时茶 157
秋声 158
我爱 159
走 160
道别 161
方寸之地 163
眼底江南 164
秋日时光 165
消逝 166
雁鸣 167
说尽 168
雾起叶片 169
把一个人留在一座城 170
时光拂去时光 171
光与夜的想望 172
白日光 173
云雾蒙蒙里那轮羞涩的月 174
此去无还 175
归去生长 176

177　风口抬高三寸
179　再别你
180　寥若晨星
181　追人的月亮
182　少了一角的村庄
183　弯弯绕绕看看这天地
185　事物的缺口泛甜
186　久病初愈
187　步入四月
188　我的十亩麦田
190　无名
191　醉晨曦
192　来到今天
193　孤独的游子
194　别舍
196　初夏夜雨
197　我在荒漠里眯着双眼
198　我想一下
199　经过烟火的温柔
200　我知道
201　叮当作响
203　无人可证
205　后记：暂做一个诗者

只字未提

那夜的月光微凉

我在路口等你到天明

爱哭的我没有哄好自己

关于那些

这些年我只字未提

今夜的月光也微凉

我有点想你和你在的那个年纪

现在我特别会哄自己

关于这些

余生我也只字不提

树在岸上

水在河里

时有月光微凉夜

而关于风来了又去的消息

它们谁都只字未提

比庄稼从容

一场雨过后

村边的池塘满了

所有绿的事物都带着清亮

蛙声饱满湿润

在湿漉漉的原野交叠出新的雨幕

天空低矮

蝉音沾满水珠

短促 稀疏

三五个孩子嬉笑打闹

村野空旷

他们比庄稼长得更从容

日子中间

一株柳立在清清的涧河边
几日风急
柳枝吐出新新的绿
它最美的时刻
我正隔岸凝望

白色的云朵映在河底
一个年少的垂钓者收竿而去
午后的阳光亲切温和
我伸手迎接一缕风
额头的发轻轻扬起

或疾言厉色
或温声细语
声声催我早起的那些人
都不再催我了

我已经向生活交出了很多
我还会继续向生活交出

许多事物不像老城墙上的槐花
今年败了明年还会再开
当我开始留恋这些的时候
我也知道这不能叫做失去

凡生

一杯茶

半页书

一地阳光如注

一缕风

三棵树

一念欢喜如故

忘却的土地

我在一条街道的尽头
捡拾到去年秋日的一片落叶
我把它带离坚硬的水泥路
放归大地

无法归根了
也来不及化作第一拨春泥
那些夏日里招摇的梦睡下了
世界安静如初

那片曾经之地
已少有人怀念
老旧的星辰夜夜观望
谁也没有来过

天空之下

夕阳一点点坠下
我的世界重又恢复宁静
风吹来的时候
我看见了草动

一个背包的少年
在逆风奔跑
舞成旗帜的衣襟
拍打着春日黄昏

我起身瞭望
远方的天空下
绿油油的麦田千里铺陈
人世安稳

生命初动

我伸手打翻了时光

那个疼爱我的人

在我目光的尽头姗姗而来

风始动

鸟始鸣

青草葱茏

晨夕更迭

我的悲苦琐碎反复

那个疼爱我的人

在我的身旁走走停停

她的衣服整洁

皂香如初

遇见辽阔

我路过一条大河的时候
天色已晚
大河之上
是今夜星空

星空之下
除了大河和我
还有辽阔的原野和硕大的夜

在这一切里
我的悲欢是微尘
我的心事如清风

来的来着
去的去着
人间在永恒的来去里
我在大河的一瞬里

星夜

此刻
风冷树索
我欲说还休

怯怯地
我感动于
无星无月的夜空

不能停止

走过很远很远的路
以致忘了归途
但我终是难以放下
那些久远的
曾被露水打湿的黎明
那片原始的
曾孕育了我最初的梦想的土地

我不能停止思念
虽然我一再辜负

一寸一寸地生长
一点一滴地汇聚
岁月落下
清浅的泪滴

留下来沸腾

这一切很静的时候
另一切也许在轰隆隆地行进
只是我不知道

我不知道我不知道
所以对那些错过的
我没有遗憾

很多树生长多年
我却从未在它们面前经过

我握着笔读完了一本书
十三年
坐着同一个板凳

曾经的一日三秋

没有更多的过往可成追忆
没有更多的年月足以引颈而望
我们拥有的只是短短的一生
就是这样
我还是常常忘记
最初的我是怎样爱你

春风拂过曾经的麦田
也拂过你曾经的短发
阳光照着曾经的雪野
也照着你曾经的乳白色棉衣
我说过许多许多的话
你常是笑而不语

星空下刮着风

冷清的夜晚
我一个人行走在星光里
风从远方吹来
没捎来任何消息
树木遍植人间
没有一棵多余

这些年的颠沛流离
说与不说都如烟消散

流水东去
忘记岸的疼惜
我继续行走
月明星渐稀

思念语

思念你

是暖的

如午后照在脸庞的那缕阳光

思念你

是甜的

如舌尖轻触了蓝莓山药

泥泞之下

满塘的蛙已成眠

我有点累了

但总算一切还好

窗开着

风打扫了我的房间

母亲不在

一任鼓荡的窗帘聒噪着我的夜

就这样睡吧

白昼泥泞

好在

夜也还算冗长

当第一缕晨风叩窗

我会醒来

春日翠绿的枝头

挂起母亲昨夜温暖的梦

乡心一动

岁月把风霜铺在我的脸上

我没有把风霜铺在我的心上

年轻的涧河来得晚

来得晚也疯长着河的心愿

涧河向东流

我的故乡在西边

河水捎不去我的心事

却捎来了母亲的思念

我的父亲朴拙

我的兄弟讷言

他们如凡尘落入凡尘

在我的背后隆起成山

乡心一动

相思无边

遇见

无星

月挂中天

有风

吹起我额头的发

恰好遇见

无言浅笑

人间有宴

日晚

有宴

小菜二三

白汤一盏

母亲碎碎念

小儿急急言

抬头见

日落西山

晚霞满天

门与窗

晚风凌厉了些
我迎风流了眼泪
世界很静
桌上的书发出声响

门失去了意义
所有来访者都从窗而入
如果不是一只蚊虫缓慢飞动
我会以为身体变得空洞

为了来到这里
我走了很远很远的路
那一路的风景
久后说给小儿听

我是人间至为无用的女子

我在父亲的眼波里出走
我从母亲的怀抱里挣脱
我欲去往北国
我欲放马江南

烟波年年生江岸
山川尽头复山川

闲散的文字
未曾排列出父亲的骨头
未能操持出母亲的烟火
我是人间至为无用的女子

我在太阳下
我在月光里
我在大地之上
我在水中央
我是人间至为无用的女子

你离开以后

在你离开以后

园子里的果树依然年年开花

花谢后

青色的果子挂满枝头

引得春风摇曳不休

每当那样的时候

我还是会在树下踱步

偶也读些闲散的文字

和与春风

也和与那声清脆的鸟鸣

离别是冬日的悲歌

数度春光散尽

你与我

与尘世都再未相逢

思念是春日的细雨

无声无息中洒下遍地春声

人间行

南来

北往

风起

帆行无两

有声

无声

雨过

虹挂云上

一寸尘烟

夜幕四合的时候
我在园子里踱步
脚步很慢
一个母亲怒斥着孩子
孩子的父亲站得很远
专注地踢踏着脚下的落叶

我也踢踏着脚下的落叶
这个冬日的黄昏
我把心思交付给这一家三口
我们互不相识
更晚一点
我们将各自归去
泱泱人间许是再无缘相见

路过
这短暂的一霎间
我们是彼此烟火里一寸尘烟

秋事

一片叶黄
叫醒人间秋色

车在这里停下
为了瞭望
更为了回想

有些过往
在灰暗绝望里重又灰暗绝望
有些过往
在幸福欢欣里重又幸福欢欣

浓的渐浅
浅的渐浓
梦碎了再碎
在灰烬里重又缤纷

我已很少
秋事很多

那样的夜

我想再回到那里

一地月光如泻

房屋和墙壁在巷子里投下整齐的影子

空气干冷

泥土坚硬

脚步梆梆有声

村庄已经睡去

我还不懂得平凡

坚信这样的夜里会有神奇发生

一个我

一群我

在那样的夜里

这样约定 那样约定

踏破村庄的宁静

后来

我们大都成了风筝

从我窗前走过的女子

抬起头
万家灯火重又点亮
终日的雾已散尽
灯火亮出别样的光

一个女子从我的窗前走过
她的衣袖宽大
在风中随意地摇晃

我会向她点头致意
如果下次她再从我的窗前走过
背景还是万家灯火

种无可种

如果不是岸边的芦苇已枯

当雨滴在河面激起涟漪

我会以为这是春日

而春日向荣啊

容得下种子多彩的梦

就是深秋吧

也有作物可以播种

年长的阿婆笑意葱茏

冬日喽　冬日喽

已种无可种

你归来么

暮欲了

西方的天空只剩下些微红

红的黄的绿的连同河水

步入庄重

孤独的街灯亮着白色的光

周遭的烟火冷清

我穿着夸张的棉衣

在桥上踱步

你归来么

一双温热的手挽我同去

免我

漏夜无依

小站

天色将暮
我抵达了目的地
不是人间什么特别的地方
只是如豆一灯
明灭着我对温热的向往

露台有风
白色的窗纱轻扬
偶或拂过我的手臂
打落些许忧伤

留白的日子

在所有的日子里
总有些日子寂静无声
我深伏的案头
铺满八节的草

我不再像年少时一样
在一个日子里等待另一个日子
对岸开出芬芳的花时
我也闻到了扑鼻的香

临窗听见鸟儿婉转的鸣唱
它们沉默时
春天也在路上

穿行

我和列车一起

穿行在原野

麦田蔚然翠绿

树木枝头零落

村庄温婉

城镇恬和

这个温和的早冬

怀抱着人间

远处隐隐苍苍

天近山

安然

风吹过树林
再添秋意
一蓬草在路边崩溃
零星萧瑟晕开
哀愁点燃原野
河面浅波清凉

花沉默进种子
暗香深潜
枝头绽开别样惊艳
春和夏停止期盼
在轮回里安然

疏林地

长长的疏林地
块状的阳光散落
浅草繁密
你从林中奔向我
我不知道你为什么而去
只知你现在为何而来

你的裙裾随风飘摇
拂过我的心
也偶尔拂过调皮的草

更近的时候
我看见你脸上的笑
你跑得急
摇落我心花一地

惊蛰

春来

人未语

心应

花未开

根动

始心

始念

始月明

三分予己

七分予清风

巡

为着不经意错过的

那个有雨的夏日的午后

今夜

我在文字里追寻雨的踪迹

久久不肯睡去

窗外

月朗星稀

偶有风声和虫鸣

母亲的街头

街头

风扯起了你额头的发

门店排列出人间的烟火

岁月风干的行囊里

青翠的绿欢腾着生的气息

你回头了么

母亲

枝头的鸟鸣欢愉了街道

街道铺在父亲的城里

城在我的心里

空思

繁华落尽

心思难量

一程山

半程水

度又未度

量又难量

夜半空踱步

青灯共佛生

放牧

没有一片云

天空是无边的水洗蓝

此刻的阳光温暖

让我想起母亲

微凉的风吹动你的发

从我的指尖滑落

坡上的草平整

流泻出特有的秋日风韵

一条柔美的路

隔着宽阔的林带随大河绵延

我们没有走远

母亲还在

她遥遥地把我们放牧在这天地之间

我在这里一切都好

我在的北方正值冬日
光秃的树枝映着灰色的天空
辽远的春日做着香甜的梦
旷野的风停息时
河面的薄冰发出断裂的声响

我在的房间温暖整洁
新泡的茶水微烫
那个爱我的人依然年轻
我在这里一切都好
窗外的飞鸟引我抬头微笑

至澄明

我在夜里行走
月挂西天
疏云微风
河边草荣
旷野虫鸣

我在夜里行走
甘苦两相宜
不眠不休
一直行走
至澄明

退向边地

我已经不再爱你了
正如你已经不再爱我

我们的故事如一滴水落下
在尘世里无声无息
随无涯的江河东去

一个日暮在泪光中降临
红日坠落的地方
云霞尽染天际

我汇入人潮
在你的故事里浅去

故园之声

意玲珑
心枯荣
踏破三千尘
故园有新声

二十年风雨紧
迟迟问
归来山河在
待我如初逢

相拥有泪
何所幸

冬已至

当我不再想你

我也不再探听风来的消息

冬已至

所有开过的花都已枯萎

你最好别哭

北方的冬天没有雨

雪落处

万千往事无迹

破碎

父亲的烟

缭绕无边的夜

灰烬堆积成山

翻找

思绪凝噎

睡去的孩子

眉心深锁

梦想的碎片迸溅

布满

他的江河

短逝

未曾远行

早已寂然

我被母亲遗弃在烟火人间

烈日炎

露珠去往天际

未曾留下归期

扬起的风

如果我没有倒下
倒下的只能是时光
我还年轻呦
还喜欢山间的风
风在额上
也穿过我的胸膛
我也还喜欢在草地上读诗
诗句在耳边
也在血液里流淌

脚边的河流
我知道它的源头
也知道它的去向
芦苇已枯
我问过它的心事
它在
并不只是点缀人间一场
每条游过的鱼
都曾让它欢喜无量

释

一缕清风来
行云窗边过
半世蹉跎不念
凭借东风释怀

当年长安街头马蹄急
而今一隅闲散意
书并茶
斜卧黄昏里

你在该有多好

午后的暖阳照着
不远处静卧的村庄
池塘里微波轻漾
林间满是泛青的枝条
田野铺陈着无涯的麦苗
不久
还会有风吹过
路边的枯草随风轻摇
枯黄中裸露出根部的新草
千里之外我将这一切远眺

你在该有多好
虽然在这样的春日
我终于可以
可以只是有点想你
但是
你在该有多好

风起故乡

我在河边

恰好阳光也在

岸边的柳 枝条泛青

一只野鸭游过来

又倏然远去

春日近

草木不分昼夜地欣欣向荣

我长久地待在这里

等待天色将晚时

那一缕带着炊烟的风

尘世里的欢喜

这个冬天
除了一场大雪
我不再期待什么

那个美得没有边际的女子
依然不可方物
她的流连之地月明风清

我的世界万物萧瑟沉寂
只有风吹刮着大地
从空旷里来到空旷里去

安宁降临后
许多的事物都让我欢喜
不只是与一个美好的女子相遇

能走过去的，都是好时光

你再回到我身边的时候
我正闲坐在河边
手捧一本书
心绪平静地看夕阳

你哭的瞬间
我也流下眼泪
三五个日子
数不尽流年的悲欢

能走过去的
都是好时光
我和你一样
对人世揣着儿时的心肠

随风而去

我想走进风里

并随风而去

林海

群山

荒原

千里良田

瓷意

在江南

瓷

剑

似初现

质朴

内敛

千年无言

话尽人间

一棵经过岁月的树

你离开以后
我的思念变得小心翼翼
不轻易开启
免你无端感应
乱了思绪

那棵长大的树
再不用我去照拂
自己从容走进四季
我时常背靠着它
一遍遍看夕阳坠向大地

我也很好
久也不在晨曦里翻找
那丢失的年纪和走失的你
时光弯曲
很长的故事如一阵风来去

儿时雨日

我临窗发呆时
绵长的雨正纠缠我的小城
灶房堆满了干燥的柴
那是我和雨赛跑抢回来的生火之物
它证明着我对这个家的功用
并能让我免于母亲的训斥

母亲披着一个旧的面粉袋子
在院子里忙碌
她说的什么我听不清
她惯于这样度过她的雨日
我惯于她这样的存在
那个时候我不知道一切会有什么改变

我被母亲和雨封在房子里

雨中的林子牵着我的心

蘑菇在长 木耳在长

我不知道自己也在长

我爱过雨中的一切

没有沾染忧伤

一条走老的路

我用很长很长的时间
走一段路
其实路不长
只是我来来回回地走
来来回回地走
用尽了我很多年的脚力

路面坚硬又坑坑洼洼
时常硌疼我的脚
我被迫歇息的时候
那些被风认领走的心事
又随风而来
在心头碰撞出百般滋味

万紫千红

晨梳妆

暮唱晚

妆浓妆淡

高语低言

心中家繁

案头事纷

水行山河美

万紫千红香人间

我伸手接住了一个黎明

夜深的时候

我久咳不止

难以入眠本身比病痛更让我难以入眠

这长过人世的夜晚

思想的伤口反复洞开

过往的人和事纷纷流血而亡

我拥有些东西

此刻却感到两手空空

我永远不会像田间的老翁那样深刻

更不会像他那样有用

对这个托举我的人世

我时常为难而又愧疚

我流下了泪水

却并未觉得过于哀伤

我决定伸手接住一切的时候

窗外风歇

天色微微发亮

尔父安否？

日暮

一颗眼泪落入尘埃

谁的父亲在脸色灰暗的街头

压抑地哭

初春的天气带着冬日的冷

风掀起他的衣角

让人心疼

年岁堆起的坚硬崩裂时

十步之内草木哀恸

枝头的鸟匆匆而去

在万家灯火的窗前一一叩问

尔父安否？

醉一

一片原野苍茫

一座小城静卧

一株河柳吐绿

一簇新草泛青

一案书香浓郁

一念暖意初起

人间晚意

残月当空

无一星

昏明未定

从来天容由天定

点缀人间万户灯

斗室柴米

街角晚风

都在

都意浓

正是春日

从清晨出发

一路向东

正是春日

我会看见一切

疫情无法摧毁的人间

关于草长莺飞

关于绿树繁花

关于麦田无涯

关于长风千里

等我的

我也在等你

一切

不会永无归期

路的尽头

在一条路的尽头
我停下脚步

我一生的时光
曾是万古洪荒
又长不过沧海的一次喘息

已有的生
已是覆水
除却真真切切
还有许多莫名

我在一条路的尽头折返
又入烟火人间

水笑了

妈妈：用笑组个词

孩子沉默片刻：水笑

妈妈沉默片刻：嗯，很好

那么水什么时候笑呢？

孩子：有阳光的时候啊

阳光照在水面上，金灿灿的

彼时天色已晚

水没有笑

妈妈笑了

孩子也笑了

去往风消逝的地方

我偶会忍住些汹涌的痛

当夜幕降临

月亮之下刮着些认真的风

或在一个清冷的早晨

路边的草地落满白霜

像极了我满心的伤

我不希望永远在风里

而是想和风一起

去往风消逝的地方

那里白雪皑皑还是细雨敲窗

都好

细数时日庸常

向死而生

我希望

我能在克制 隐忍 艰难困苦

又满怀希望中

度过我的日子

土地之下

是怎样的黑

黑的深处

是怎样的安宁

赴死的每一步

同时也赴生

先祖打马走过的人生

在悠悠的时光里暗香浮动

河岸之春

河面宽阔处
碧波千层
一只水鸭划水而过

岸边盛大的花事已齐备
只待那一缕恰好的风
这样的时候
我不会想念谁

再过几个日子
草木抽出新芽
我折柳而立
也不为送谁

比脚更贴近土地的，是我的心

长长的一生

我们终会归来

在很多个像今天这样的时刻

养育

最是能浸入血脉

除了我自己

许是无人需要我的报偿

熟悉的土地迎来时

我又一次热泪盈眶

人间雪时

废弃的砖瓦上
光秃的树枝上
荒芜的院落里
落满了雪
无尽的白
皑皑到天的尽头
冰封存了尘世

抖落寒冷的一团炉火
是母亲的暖
也是我这一生热烈深沉的想念

当我和麦苗一起睡得香甜
一个抽烟的男人
瞭望了春天

旅见

树高树低

草疏草密

碧野千里

一片水

清如许

两三石立

人间寻常夜

这是一个冬夜
风整夜将往事翻卷
一枝芦苇宿醉在河岸

一夜星辰照看人世
悲喜皆盛装出席

倦了的城睡意昏沉
一条狗头角峥嵘
夜色下三邻安宁

我们的日子

我们的生活已琐碎庸常
很多期待中的花开出了另一番模样
却未曾让人失望

每次看见你我还是想笑
想到我们余生还长
让我觉得欣慰又向往

冰雪下生长着牧草
大海里酝酿着波涛
这个世界准备了很多美好

明天我们去吧
你在前我在后
或者我们拉着手

去日当归

除了天气更冷了一些
一切没有太大的变化
整个秋无法凋去的叶
还很是浓密地挂在枝头
那个干净立整的阿婆
依然在楼下叫卖着她的烟火

除了多出的一摞书
案头没有过多的改变
新泡的茶冒着丝丝缕缕的热气
熟悉
香甜
让我心生欢喜

漫步

我喜欢一个人行走在这样的夜里
半个月亮挂在天上
昏黄的光洒向万物
棉衣厚重
遮住寒冷
也遮住刺骨的风

这样的行走没有目的
散乱的意象无法聚合
冷的热的
远的近的
旋起又旋落
消散在夜色里

遗失地面的日子

春日向前走几步
晨起的风少了寒意
散居在河边的几株柳
是春日宠爱的儿女
早早就绿得生出了翠意

我走在春风里
想起别过的冬日
和那厚厚的棉衣挡不住的冷
谁温热的话语
流淌在萧瑟的旷野

我步入低微
捡拾遗失地面的日子
我走过的地方
清澈明亮
像我此刻的心一样

等一个自己

我的一生少有绚烂
但心的青色未尽
阳光很好的时候
我会剥落些心头的白霜
新又生出向往

山间风起
我想成为谷里的那抹绿
风舞动我
我舞动自己
心如草木花开有期

人间的至简模样

那个少时白了头发的人
舍弃耕种远走他乡
后来的故事怎样
风中没有传唱

那引我入俗世的
依然在世间流淌
我在一杯茶里
看见人间的至简模样

我在迎春花前等待良久
又在一株柳下凝望
那终究会来的
是从深冬里走出来的春天

初见

风停在河边

等待催开第一朵莲

鸟栖在树上

等待唤醒下一个黎明

星挂在天上

等待又一个月出东山

我在滔滔人间

等待与母亲再次初见

絮日

三言已和

四语又差

清风难解

旷野寂

半坡斜阳在

暖意徐

小寒

云起迎风散

月朗星微明

三五春去

七八冬残

念与不念间

三更天

原野平

莲无语

水轻漾

一念之光

挂天上

街心

乡野

心上

诸事无恙

从容

风来

雨也来

风去

月已清明

悲也从容

喜也从容

心已平

悲喜两从容

曾经的土地

其实我并没有走远
还在附近兜兜转转
星空高远
四野曾真实地弥漫着收获的味道
在这片土地
我曾一无所有
我曾拥有一切

而今
在这样一个夏夜
蛙声清远
夜风微动
我把曾经的悲欢
深深想念

我的悲苦已成顽疾

夜深了

我觉得冷

周围静悄悄的

心事叠着心事

多得无法单独捡出一件来梳理

我终于流下了无法控制的泪水

这是最后的安慰

我的身体日见笨拙

我的悲苦已成顽疾

我向无边的黑伸出手臂

空

冷

白云之下

一道水

两重山

缓行

急进

三行雁

四层云

浅唱

低吟

很长的时光

园子里布满风
正是夏日
没有一片叶飘落

枝头摇曳着连天的丰郁
风把我的发来来回回地
扬起落下

就在刚刚
我终于能够知道
这样的时光还会很长很长
我将不再急急于夏
也将不再切切于秋

高远的山风呼唤我
烟雨的南国呼唤我
我来了
在这还会很长很长的时光里

雪落霓裳

你走以后
夜色微微凉
初秋的园子
散溢着混合的果香

你说不日归来
当梅花初放

秋日绵长呵
何时雪落霓裳

细细碎碎的梦里
有晨光也有夕阳
繁花开了再开
草不曾枯
叶不曾黄

红尘一念

盈盈天际
云一片
聚在天
散在天
别后数年
音信断
来去不念
时光空荏苒

别人
别怨
别流年
两处清欢

浮生闲

慵起

浅坐

一片叶落

满地黄

晚风已凉

微雨打窗

三两心事

无伤

立

干枯
苍迷
迎风立
枝枝问天

暗黑
坚硬
向深去
根根叩地

数载不语
寂寂无言
抬眉间
春绽三九天

夜未央

月半弯

微风拂面

园子里的灯火已暗

蛙声暂歇

水鸟击起水鸣

寂寥

我停下脚步

就此别过

身前身后

繁花盛放

绿叶天光

夜未央

别过多年

你离开的时候
我在异乡的冷风中
旁若无人地悲恸嚎啕
电话那头
兄弟的声音冰冷生硬
你去了

那夜的寒风穿透我年轻的躯体
事过多年未能回暖
而后的每一次回想
我都泪流满面

今天的阳光很好
慈祥地普照万物
我想
它也一定照着你的坟茔

秋生

草黄

叶落

秋意重

孤亭翻故梦

微雨

微风

近初冬

池水应无声

晚秋

料峭轻寒

落英残

日暮山苍

易水远

立尽涧水岸

他日春暖

再抚栏

从头念

晚意

窗台的满天星

清淡宁静

它不再思念旷野

而我还在思念

日暮黄昏

无边雨雾

我与一场雨之间

没有奔赴的约定

有风从窗口来

叶片在敞口杯里轻轻摇动

我翻了一页书

夜幕降临

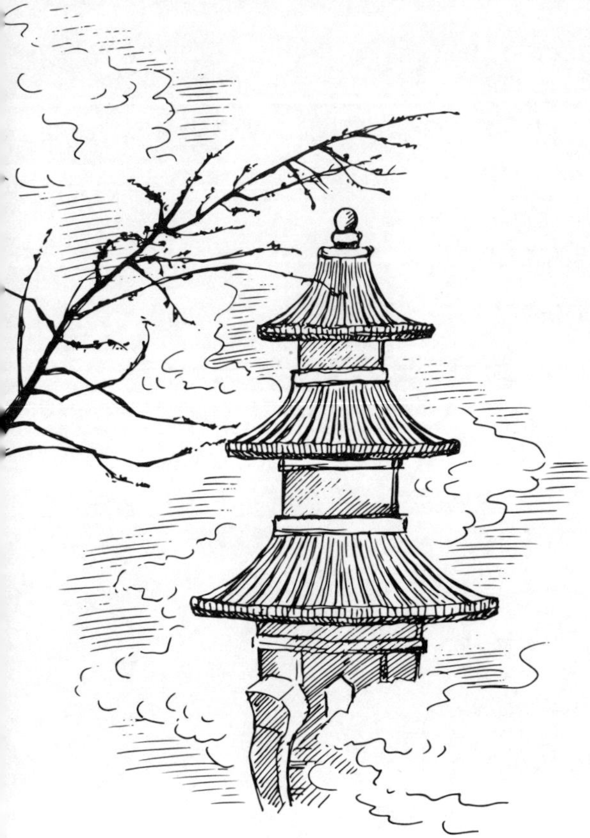

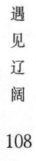

烟火

古城墙下
河水
绿树
繁花
乳儿初学人间话

林深
鸟嬉
双亭
古塔
烟火人家

世间种种

今夜
我再一次来到这片原野
这里不完全是原来的样子
所幸
心还是获得了最初的安宁

他们说的世间种种
我心中的世间种种
穿过了高粱地
化作夜空里一缕风

小别

该怎么悲伤

日日立在门前的树没有告诉我

其实应该问问它

只是我已远行千里

留他独自照料小院烟火

就是短暂离别啊

我去去就回

你不至流落风尘

晚些时候

栀子花开

晴雨皆是欢喜

父亲的脚步

这个房间
以一种我无法理解的状态存在
此刻母亲不在
我只能把目光投向原野
这是我熟知的原野

我和我的孩子在等我的父亲
他在认真地忙碌
我急于一场团聚

他应该停下来
但他始终没有
直到夜色深沉

我走了很远的地方

度过了很多个这样万家团聚的夜晚

尝试用很多种方式成长

始终无法追上的

是父亲的脚步

远

天是蓝的
云是白的
透着点夕阳的光亮
微微的风拂过我的脸庞

我穿了一双崭新的鞋
白色的鞋边挂着青草零星的汁液
尘世就这样远了
谁也不用来

生长

今夜

我沿河走了很久

风很大

有零星小雨

冷

我像个少年一样心里满是孤单悲伤

好在

我并没有哭

我们总是生长啊生长

生长啊生长

天上的云坠落

不过人间雨一场

深冬的夜

深冬的夜茫茫没有边际
冻僵的欢愉跌落河底

想忘记的迎面而来
想记取的远遁无迹
深冬的夜茫茫没有边际

把云朵还归天空
把尘埃还归土地
把我还给自己

深冬的夜茫茫没有边际
我的愁苦也没有边际

当你开始爱我
我就再也没有爱过自己
深冬的夜茫茫没有边际

叶未归根

空中飘着零星小雨
一片叶从枝头跌落
未能归根
随风起起落落

走过一条街道又一条街道
街道连着街道
街道尽头还是街道

因着一粒石子
一道墙壁
因着无数粒石子
无数道墙壁
叶身消磨殆尽

枝头依然繁华

没有把它找寻

树根深埋土地

夜夜唤着游魂

辽阔

六月的人间

炽热

七月的人间

炽热

在炽热与炽热之间

种下最炽热的梦

百年奔腾

当我年少

林下风中我曾深切遗憾

未能献出的血

奔涌在先祖的街道

许多的梦都已实现

戏曲古老的唱腔

飘荡在蔚然的园子里

硕大的玻璃窗外

浓绿深处的老城墙安然耸立

有几只鸟飞过

天空辽阔

归乡

当夜至深处

我终于将一切收拾停当

那故乡的土地呵

一遍遍在梦里繁花绽放

十年

或许更长的时光

父辈和我一起

共同打造的那次对故土的出走

在此刻

迎来了一场对我而言过于宏大的回归

头顶的星空辽阔

风没有牵我的手

独自去了远方

我擦干眼角的泪水

决定不再哭

周围很是寂静

我刻意用脚踢踏出声响

一切尚未沧海桑田

听见的人啊

来接我

月夜

最后一盏灯熄灭后

小城睡了

温温婉婉的夜

步入深沉

月

清辉如泻

孤单成人间唯一的烟火

手边的诗卷破旧

我还没有悲欢

北国还是江南

空是等待呼唤

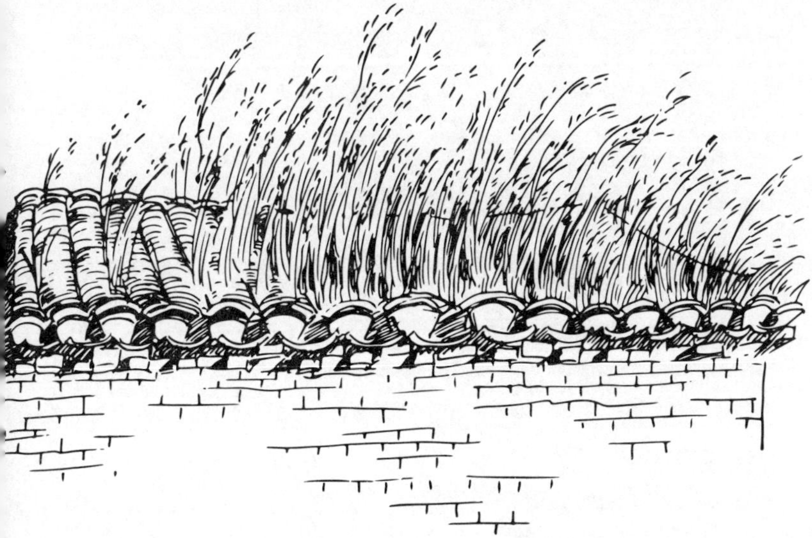

故土无恙

夜风起

秋水凉

思念成殇

故园寂

乡土毅

山河无恙

雨晨

在这样一个雨日的清晨
叫醒我的
不是俗世
是敲窗的雨滴
房间里弥漫着一种情绪
它并不让人悲伤

雨中的叶子
绿得让我心生感激
更遥远的地方是山
山的那边
应该有一条长满青草的小路
牧人在前
白色的羊群在后

往事入画

我想在夜的深处

一个人出发

并在夜的深处

抵达

油灯照亮半截灰瓦

岁月的河里

堆满往事的流沙

经年踌躇

难以成别

远山入墨成画

长行

一江水

长向东

千年拍岸

岸无声

一句话

泪目中

经年叩问

心有应

我的安慰

我决定幸福地活着

没有需要绕开的土地

包括干涸的大漠

躬身人间

沐浴光

也捡拾破碎

在长长的夜里

缝补出清浅的安慰

夕阳间

时间慢慢挪移

日头即将落下

我又挨过了一天

朴素的愿景敲击心弦

一个想哭的人与我擦肩

夕阳照着她蓝白相间的格子衫

我与她、与草、与树、与空中的鸟

同为众生

互不顾盼

一棵树忍下眼泪

云散

始终如一

努力 坚忍地做完一份活计
没有夸奖 歇息
母亲会下达另一个指令
我只好在一份新的活计中继续坚忍

我太小了
在家庭硕大的生计面前
我终日的劳作很是微弱
忙碌和贫穷磨洗的日子
细碎悠长

即使是冬日
我也很少喜欢阳光
贴近土地的生命
阳光总是很饱满

我从未试图逃离

即使后来我离开那里

也只是换了个地方

主动地

接受磨洗

河·雨

我伫立在微雨的河畔
心事与一株芦苇相同
满目苍翠欲滴
几朵莲摇曳
年轻的河道繁茂无语

天色灰暗
只有东方的天际
裸露出线状的白
远处高低错落的楼群
从未如此柔美地静立

我的永夜

在残雪未尽的街头

盼望一场雪

在眼泪未干的瞬间

期待一次泪目

母亲

我已与你分别数日

而数日

已历三秋

莫等在路口

若等待撩起你额上的风霜

我将在永夜里劳作

无休

一条狗给出的礼遇

我曾路过一个村庄
一个老者给我做出指引
说我可以在村庄南部的一个院子居住
不是三五天
是可以长久居住
彼时夕阳满天
归家的鸭成群结队
嘎嘎声叫醒整村的炊烟

院子的土墙上长着茂密的草
依墙而建的牛棚槽头兴旺
我试着走进灶房
新蒸的馒头溢出麦香
我还试着走进仓房
玉米小麦堆至房梁
一条狗亲昵地蹭着我的腿
宾至的最高礼遇是如归

故乡

喧嚣的尘世里
我还不愿意枯萎
一个人的时候
我还在尽力思想

我时常想起故乡
那些在散乱的消息里老去的人们
还在以年青的姿态生长
那个曾在一声鸡鸣里醒来的小城
还铺陈着我深切的向往

最远的
再也不是远方
是那
再也回不去的时光

消弭

我又想起那些长夜
过于苦闷的梦呵
消弭了多少白昼的光

就是那些微雨啊
寻常的日子里
总能让人心生欢喜
此刻
也平添出些许忧愁

分分不肯停歇的时光呵
欢喜与忧愁
一并着色
流淌成河

河岸黄昏

天色已晚
有几片云把天空留恋
母亲在河的对岸把我呼唤
我知道
热的烟火已把餐桌铺满

茂盛的芦苇遮挡了我的视线
其实不用看
母亲的声音
母亲的风韵
正在把河岸点燃

风起心田

灯一盏

微暖

书半卷

千言

道罢冬寒

又道春暖

春秋几度

烟火人间

立罢窗台

再凭栏

风起心田

上云天

河畔春

指间风来

春意浓

临水浅坐

暖意生

不念夜雨

不点孤灯

悲无从

我重又爱上了很多

当我能关上一扇门的时候
我觉得我必得爱上一个人
慢的烟火未曾沾染人世的风尘

当生活让一些事物碎去的时候
我的人间
留下长久的空

多年以后
我重又爱上了很多
伴我左右的人
天际的云
还有旷野里
那来路不明的风

望乡

向南方
低低语千行
风不来
雁不往

归无计
辗转已成殇
春难望
长夜凉

恬

夜深了

我很是疲累

但总也无眠

你的半分眉眼流落云间

我心如沙洲寂寞

无需渲染

也不苦寒

等

也未等

念

也未念

时间的流里

人事皆安

雨步

我走在雨里

你也走在雨里

你的伞小

我的伞大

你说种棵葡萄树

再种棵辣椒树

我说满园的庄稼让人觉得幸福

有玉米、花生和芝麻

雨不大

雨滴轻轻柔柔地把伞布敲打

我说了很多话

你也说了很多话

我们彼此不是很懂

我一天天变老

你一天天长大

入秋风

风吹过千里
我走过半生
在一江秋水边
相逢

风吹干我的泪水
我抚平风的伤痛
满腹愁绪连天草
入秋风

天各一方

灯下
细数过往
岁月消蚀过的悲欢
一只酒杯依然无法盛放

树叶打散阳光
一地斑驳清亮
我与自己
还是天各一方

挥手别过

昨夜残梦未消
你终于从我的圣殿
跌入我的人间
随之坠落的
还有片状的我

岁月静好与风中野草
只有一步之遥

悲苦的呓语退去
青春沾满尘埃

随风逃亡千里
挥手能别过的
只是昨日
不是你

不安

在这样一个秋日的午后
我渴望得到点安慰
窗外的茂盛沾满萧瑟
它们边收拾行囊边调节心情
来顺应这枯荣的宿命
无暇他顾

带领的衬衫
已穿了三年
近日
那领子让我烦躁不安
再有一个日子
就会把我的脖颈压断

我在路口等母亲

出门前她亲吻了我的手

天色渐晚

她总也不回来

她的兜里

装着父亲所有的钱

别语

不送了

无处插柳

而青衫已湿

不是严冬

短亭边斜风细雨

长亭旁绿树繁花

怀抱悲苦

雨声沙沙
细碎温柔
园子里夜色正好
灯火昏明
草木怀抱悲苦
应和漫天秋声

脚边的涧河慈悲
接纳天水
也接纳眼泪
一任酸涩漾开
浅了再浅
淡了再淡

微尘

草木衰微
又一个秋欲往
是二十年的风吹来的微尘
沾满我的衣袖

二十年风雨沉
我从一种困走入另一种困
二十年岁月轻
些许初心从容

林中群鸟起落
叽喳有声
风来未惊

语罢

灯下书
说尽千古
案边茶
百味皆欢

苦痛聚
语罢皆休
泥沙沉
碧波千顷

无法劝说的青春

就是前面那片林子
我曾在每一棵树下顿足
我有那么多的时间
那么多的痛
把每一棵树的耳朵都灌满忧伤

一个人的转身
留白青春里无法劝说的青春

多年以后
那疼过的山野上
动了尘念的草木
郁郁葱葱

闲时茶

日暮

临窗闲坐

蝉声初歇

几片白云静默

左右心无事

茶慢添

秋声

风含秋

百草未衰去意定

人不别

再待春风如旧

隔岸灯火明灭

黄昏去

亭空风息

月未升

我爱

那是一片我爱的原野

在落日的余晖下恣意地陈列

草已完全枯去

树尚微黄

没有章法地生长

同一缕风

年年来敲打我的窗

抬步难去

此地

不再是异乡

走

这些年
低低沉沉
沸沸扬扬
所幸
些许尘埃落定

白日多急遽
黑夜少浮白
泪水滴落异乡
消弭点滴荒凉

一条长路
走啊，走啊
还是摇摇晃晃

道别

月亮游走在云里
时而隐去
时而可见
就这样别过吧
在这样一个平凡的夜晚

听得清听不清的语言
缭绕在耳边
我路过人群
穿过街道
一切亲切又遥远

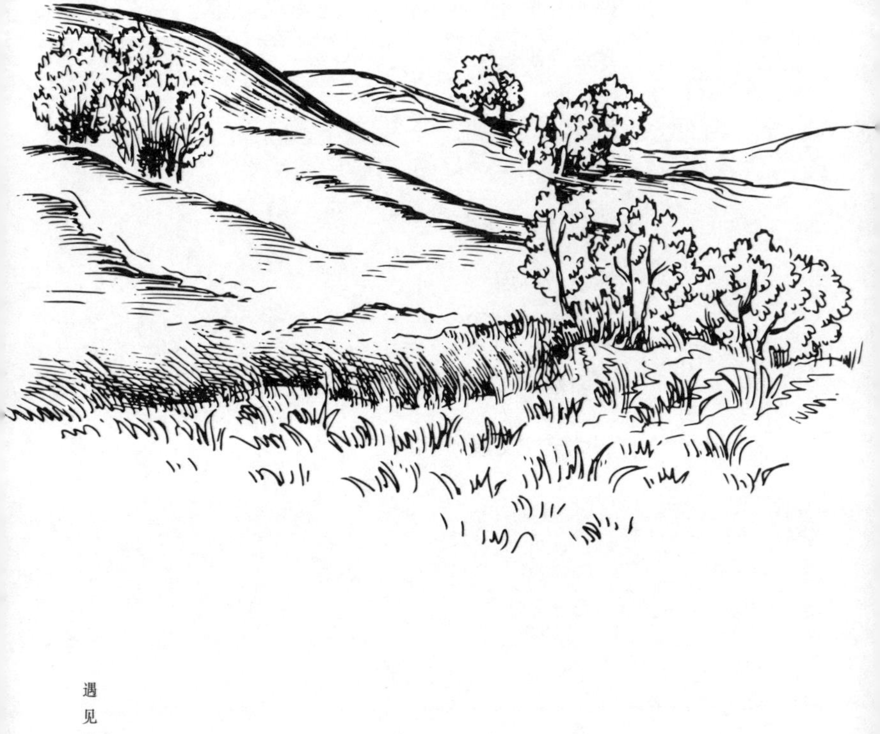

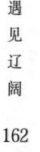

方寸之地

我在方寸之地
脚下已生沙砾
案头初见青色
我等的那个自己
徐行在晨钟暮鼓声里

古道边驼铃远去
梦回千里万里
笔下生花
四野起沧溟
人在方寸之地

眼底江南

微雨轻

思难平

巴山夜雨寒

围炉漫话炽

抬望眼

千里苍翠已成织

不慕江南

慢

微微念

隔帘凝望泪眼

秋日时光

在秋日暧昧的阳光里
我一言不发
身躯潜入林子深处
长成一棵欲枯的衰草

搜遍全身
凑不够一滴泪水
悲切的哭泣遥不可及

那就欢喜吧
而欢喜
消遁无迹

消逝

我选择走了一条小路

小路坑坑洼洼高低不平

弯弯曲曲穿过一个村庄

村庄破旧十室九空

杂树横生野草遍布

诗意而落寞地铺陈着消亡的气息

周遭的高楼林立

风中时有叹息

不用刻意等待

道别的时刻终会来临

一切都会被夷为平地

连同我自己

雁鸣

夜已空
寥落几颗星
勾勒天空
人已空
零散三五念
聊响余生

谁策马
踏破秋风

长空万里
雁鸣

说尽

岁月依然

是我变得无言

风烟起

笼罩远目苍山

生命的火光暗淡

明灭尺寸之间

那个与我擦肩的人

越走越远

树立满河岸

荣枯间说尽悲欢

枉然

雾起叶片

我坐在冬日的园子里
天色阴沉
空气潮湿
灰白的天空隐去云朵
雾海苍茫

落叶叠着落叶
与枝头遥遥相望
一阵风吹过
几片叶旋起又落下
短暂却也繁华

把一个人留在一座城

我离开的时候

夕阳正从西方缓缓坠下

空气清冷

街上行人匆匆

我紧走几步

加入匆匆的流里

我是人群里的微尘

我是你心中的山川

道边无柳

你也未曾相送

我与城挥别

嘱它诸事与你细语慢言

时光拂去时光

秋天过去以后
日日添着寒冷
百草渐渐枯去
秃枝逐日无依
已经到来的这个冬
与以往同也不同
它不再望春而生

灶下的柴火噼啪有声
新织的围巾暖意沸腾

时光拂去时光
母亲正当年青
夜灯笼起生命的光芒
冬日可行

光与夜的想望

天色渐晚时
我亮起案头的灯
橘色的光洒满桌面
石质的镇尺在光里变得温婉
半杯酒就着一杯茶
氤氲中醉透窗外的夜

我是平原养育的女子
惯见了平畴千里
关于山连山岭接岭
关于连绵起伏峰外峰
只有在夜色的瞭望里
才能被意念模糊触碰

真实的想望
想望的真实
在夜里铺展得没了边际

白日光

我在一棵竹下想到你的徐娘半老
一如我在柳下想起你初嫁的模样
现在我忍住笑
一如我彼时忍住哭

时间是个浪荡的孩子
忍见漂亮的人潦草地度过她的青春

岁月的墙上
攀沿着的拙劣的情爱
硬了又软下人的心肠

怎样去了又回的日光
白晃晃地摆在山坡上

云雾蒙蒙里那轮羞涩的月

冬已经有了冬的样子
干冷与萧索并起
装满夜晚的园子
人间借给夜空些许的光
使得尘世与天空交接的地方变得迷离苍茫

我漫步在园子的小路上
行人稀少
野鸭偶会溅起水波
我想起你和你我一起操持的生活
抬头看见云雾蒙蒙里那轮羞涩的月

此去无还

我穿上笨重的鞋

裹紧棉衣

走进雪野

雪野似乎没有尽头

我在白色的茫茫里向辽远行进

远行不归

落叶是树凋落的心事

雪覆盖了最后一片

遮断枝头的凝望

明春再生新枝

已是树另一番心事

此番心事跌落成泥

归去生长

汹涌的人潮里
我举起手臂
向自己致意

我将独自归去
春夏秋攒下的话语
等待在一场纷扬的大雪里倾诉给故地

老屋卸下风霜
我重回少年模样
再生长

风口抬高三寸

迎面吹来的是南国的风
在这向南国借来的温暖里
心事也变得娇羞

无人吟唱
诗在椰子林中独自成行
风口抬高三寸
垄间掀起碧浪

一方水土扬起一方风情
心中某个生花长草的地方
正大雪飞扬

再别你

午后的阳光很好
我沿河走在石板路上
群鸟在干枯的芦苇丛里翻出沙沙的声响
若你迎面走来
我将伸出温热的手与你轻轻相握
然后再好好道别

心的原野
二十年春风未歇

那些震荡了青春的往事
那场青涩里仓促的道别
那个在我的疼痛中转身的你
今日终可化雨归来
我已能够欢喜
春风十里送你

寥若晨星

往事零落成泥后

爱恨入土

世间的风再也吹不动的悲欢

成为年年漾在枝头的绿

尘世上等三年

泥土里等三天

飘飘摇摇如豆灯

明灭两空

追人的月亮

小儿说月亮还追他呢
我临窗望月
也望月光下的小儿

月亮也追过我
在我牵着我的狗
走向风的年纪

少了一角的村庄

细碎的春雨绵延数日
道路湿滑泥泞
行走艰难
思念也变得缓慢

伯父离开后
前面村庄的那个院子只剩下堂兄
其实堂兄也不在
我不知道此刻
他是否和我一样
也走在这条泥泞的路上

路的尽头越近
村庄少掉的一角越大
我只好把堂兄补上

有一天我老了
在一个恰当的房间里死去

关于我的一切
都会消散
包括我此刻所爱

如果有人因此悲伤
并不会让我欢喜
世间的灯
总是在夜里燃起

如果有人因此欢喜
也不会让我悲伤
世间的恨
不会绵绵无期

我不再看自己
弯弯绕绕看看这天地

事物的缺口泛甜

起风了
也不能让我欢喜
我已痛失所爱
在这步入清欢的年纪

父亲老了
失去了创造的力量
但父亲在
作为一种善良的指引
无人迷失方向

日子向深处走
起了褶皱的事物渐多

缺口泛出甜味
我翻捡自己
然后一一和解

久病初愈

烟火的味道重了一点
日子多出几分疼

大病一场
我又恢复了行走的力量

园子里的阳光是新的
厚厚地铺在我的身上
一个妙不可言的春日
装满春日事物

仿佛来过
又仿佛从未来过
久病初愈
我在长椅上静默成一株新出土的草

步入四月

我换下棉衣
步入四月
一树梨花孤单地开在河岸
我比它寂寞

就是些春雨
也不再带有些微微的寒

所有的事物
包括水边垂钓的阿爷
都有了明亮的色彩

我没有增添任何心事
只是原有的心事有了春的颜色
连同冬日里无边的寂寞
都有了辽远的回声

我的十亩麦田

你曾站在冬日的雪松树下
等我
斜阳照着枝头残雪

远处的天空下
我的十亩麦田在雪下睡得香甜

这些年的风雨兼程
退不回那个冬日黄昏

后来一场大雨滂沱
雨后的土地
藏着禾苗湿漉漉的心事

我也有心事

经春又经秋

成为那山间流岚

无名

天边有一片白色的云
召唤着观望它的人

生活追赶着生活
我追赶着自己

陪我踱步的那个人开始哭
一树柳枝摆动
淹没她的哭声

斜阳恹恹地挂在西方的天空
我举着擦泪的手绢
悲恸莫名

醉晨曦

我和清晨一起

完整地度过了一个清晨

白色 黄色 蓝色的花

开在树上

也开在树下

在晨曦里灿烂无语

翻旧的书在左手

右手沾满它的字迹

莲尚未出水

河面也并不孤寂

翠绿的芦苇蓬勃

水草更是茂密

我和草木

在一起

来到今天

无论如何

我还是走过遥遥的路

来到今天

一路上

遇见很多

也被很多遇见

我的周遭

发声的存在越来越少

不是它们不说

是我越来越难以听到

我不愿意再回头了

遇见过的

都是过往

迎面吹来的

才是今年的风

孤独的游子

今年的槐花开了
正当初放时节
星星点点的白
在嫩绿的叶片中若隐若现

我的村庄消逝了
一日千里的奔赴
一日三秋的忘却
空留下脚步的声音

掩映在绿树白花间的瓦舍
飘着槐花香
我先于一条狗与它作别
成为孤独的游子

别舍

春日
我与三寸之草结下情缘
再不能期待一场雪的到来
虽然我在北方的天空下
从未离开

离别是一首悲歌
何日作别
都会让人含泪吟唱

我走了
什么也没有带
遗落在这里的
都是这里的

一阵风在我的背后
扫净烟尘

初夏夜雨

雨前
一阵风起落
打开荷的欢喜

我备好心事
在孤亭踱步
等待这场雨

陪着我的
是环绕的树木
和一条初夏的河

我在荒漠里眯着双眼

我必须得走了
被你翻扯的心事
再也拼凑不出一个开花的意念

我甚至不再愿意哭
你的世界绿意葱茏
而我去向荒漠

故事很短
在我的一生里
它已经足够绵长绚烂

有一天
荒漠的风吹疼我的脸
我眯起双眼

我想一下

日暮河畔
有人迎着夕阳
背影坚强

听说接下来是绵绵雨日
许是始于今日午夜
许是始于明日辰时

这一切都是好的

对于生活
我摊开双手

有人哭了
在她的泪水里
我也宣泄了悲伤

经过烟火的温柔

时光远去
街道并未过于陈旧
陈旧的是人的心事

街角的柳树还在
只是上了岁数
它的枝条穿越人间的烟火
依然繁密温柔

早年那些无风起舞的日子
流泻进此时的街道
谁在奔跑

我知道

当真正知道时光飞逝
我也是一声叹息

我不是树
落下些叶子
还能重新长出

我决定让一些事物深刻
又总是眼见它退却
而无能为力

我依然在一些事物上用力
也知道它终将淡去

叮当作响

我已经不清楚还爱不爱你

也许我只是习惯了你

月亮西沉

留下寻找的夜空

一直向我走来的

除了来的日子

还有去的日子

那一段被踮起脚尖应和过的命运

已尘埃落定

头顶之上

天空历久弥新

手边的生活

叮当作响

谁在奔跑

向着众生的方向

无人可证

在时光的岸头
逆流而上

谁去过我的村庄

如果今天
我再一次抛下一切远走他乡
将无人原谅

你也一样

选择一个雨日
从小雨走进大雨
看树那边的树
看日子后面的日子

擦着别人的泪
流下自己的泪

后记

暂做一个诗者

王运平

幼时懵懂，不知诗为何物，只是觉得它美好。幼时的世界少有俗物，所以时光就显得格外长，我得以有大把的时间诵读诗歌。也不是懂诗，只是喜欢在自己的诵读声里热泪盈眶或慷慨激昂。偶遇些宁静恬淡的诗篇，年少的我在那些文字里陷入迷茫，只是在诵读里浅浅地感受到一种别样的情愫，后来才知道那叫做沉静。

时光未曾停留，我未曾停留，诗歌也未曾停留。我与自己的第一首诗迎面相遇于 12 岁那年的一个黄昏，记不清楚是我们俩谁先说的话，只记得我将它诉诸笔端后，一个长者对它和我给予了宽厚的肯定。此后，我循着生活的步调升学、工作、结婚生子，诗歌一直在我的左右，从未远离。而立之日一去有年，生活中我与诗迎面相遇的次数未曾因年岁渐长或世事繁杂而递减，这让我欣慰的同时满怀感恩。感恩我的家人、师长、朋友、同事和我这些年遇到的相识或不相识的每个人，感恩我生活的国度，感恩这个伟大的国度给予的和平年代，让我历经世事而心却不曾过于磋磨。以此为凭，我得以以丰盈之心迎接与我相遇的诗歌，并以此为凭，我相信诗与我大概率是一辈子的陪伴。

“冬天的雨下在石头上，飘过山梁仍旧是冬天的雨”。生活的美好就是生活的美好，世事的纷繁与艰辛永远无法掩埋这些美好。我的心看见它们，用语言表达出来，就成了我的一首诗。干净的苦难也一样，离愁也一样，疾病与衰老也一样，山河辽阔也一样，国泰民安也一样……谁也无法掩埋谁，谁也不要掩埋谁。把它们分隔出来，和着幸福或悲伤的泪水，使之流淌成文字，这大概齐是诗者的社会责任之一。

“秋日的林间想必正如锦绣，有没有谁又约了谁正在树下等候”。大自然以四季为轴，展开漫天画卷，勿劳诗者费心编织，大自然自成诗卷。行走在这壮美的天地之间，不必着意，我就深切地爱上这山、这水、这草、这树、这晨时与黄昏。浮生半日醉与山水是大自然的馈赠；繁忙的生活中匆忙一瞥，绿色满目亦是大自然的恩赏。草木有心，以生命感动生命；草木无言，以四季之轮回给生者的心头留下多少意味深长。看不够这个美好的国度山水如画，爱不够这个古老的民族在血脉里延续着的淳朴与良善。风路过我、雨路过我、美好的人路过我，我是世间人海中普通的一个女子，操持着檐下朴素的烟火，做着一个女子工整的梦，幸有这锦绣文字与万里山河。

“你已渐次埋葬了破碎的梦，受伤的心和被损害的年华”。活着，也接受衰老与死亡；快乐，也接受疾病与困苦；相聚，也接受离别与思念；接受人间暖意，也接受偶有的寒凉与纷争。留下一些、埋葬一些，用心、用文字、用最质朴的方式掩埋下应该掩埋的继续活着。风继续起于青萍之末，雨依然会从天上来，四季依然更迭，山川草木俱在，蔚蓝的天空上，白云日日聚散，我爱着这一切，当这一切化作诗句迎面而来时，我暂做一个诗者。

图书在版编目（CIP）数据

遇见辽阔 / 王运平著 . -- 深圳 : 深圳出版社，2023.10

ISBN 978-7-5507-3856-0

Ⅰ. ①遇… Ⅱ. ①王… Ⅲ. ①诗集 – 中国 – 当代 Ⅳ. ① I227

中国国家版本馆 CIP 数据核字 (2023) 第 165441 号

遇见辽阔
YUJIAN LIAOKUO

出 品 人　聂雄前
责任编辑　郑文凯
责任校对　万妮霞
责任技编　梁立新
封面设计　非图传播

出版发行　深圳出版社
地　　址　深圳市彩田南路海天综合大厦（518033）
网　　址　www.htph.com.cn
订购电话　0755-83460239（邮购、团购）
排版制作　深圳自留地文化创意有限公司
印　　刷　深圳市华信图文印务有限公司
开　　本　787mm × 1092mm 1/32
印　　张　7
字　　数　100 千
版　　次　2023 年 10 月第 1 版
印　　次　2023 年 10 月第 1 次
定　　价　48.00 元